LA MORT

DE

MONSEIGNEUR AFFRE,

ARCHEVÊQUE DE PARIS.

LA MORT

DE

MONSEIGNEUR AFFRE,

ARCHEVÊQUE DE PARIS.

———— ❦ ————

POÈME NATIONAL

EN 3 CHANTS,

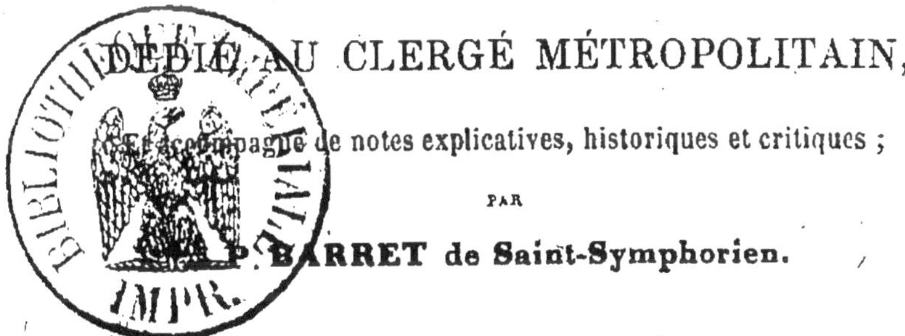

DÉDIÉ AU CLERGÉ MÉTROPOLITAIN,

Et accompagné de notes explicatives, historiques et critiques ;

PAR

P. BARRET de Saint-Symphorien.

———— ❦ ————

AMIENS.

LIBRAIRIE D'ALFRED CARON,

Rue des Trois-Cailloux, 54.

————

JUIN 1856.

A MM. JACQUEMET ET RAVINET.

« C'est à vous que ma muse a dédié ces chants,
» Vicaires du Prélat, dont le sang magnanime,
» Comme un sceau précieux de la pure victime,
» S'est emprégné sur vous en souvenirs touchants;

» A vous qui, n'écoutant qu'un noble et saint appel,
» Suivîtes d'un pas ferme, aux pieds des barricades,
» A travers mille morts, au bruit des fusillades,
» Vers son peuple égaré votre chef immortel ;

» A vous qui, dans vos bras recueillant le martyr,
» Pendant qu'un plomb mortel rasait votre poitrine,
» Avec ce dévouement que l'histoire burine,
» Ne l'avez pas quitté qu'à son dernier soupir !

» Puisse ce digne trait de civisme chrétien,
» Servant dans l'avenir au clergé de modèle,
» Prouver à la patrie, en ce miroir fidèle,
» Que les prêtres du Christ ont le cœur citoyen !! »

LA MORT

DE

L'ARCHEVÊQUE DE PARIS.

> « *Infandum, o Mater, jubes re-*
> *novare dolorem !* »
> « C'est pour t'obéir, ô ma patrie,
> que j'entreprends le récit de ces
> douloureux événements ! »

CHANT PREMIER.

Insurrection de juin 1848 ; — la guerre civile ensanglante la
Capitale.

I.

Causes principales de l'insurrection , et tableau des quatre journées.

Je chante les malheurs de cette guerre impie,
Dont les siècles passés n'offrent pas de copie ;
Cette *grande* bataille, atroce et noir forfait,
Qu'un parti renversé dès longtemps préparait ;

Où de la stratégie, en l'art de la défense,
De nos vieux généraux on trompa la science ;
Ces combats furieux, ce complot inhumain,
Enfantés par l'orgueil, l'ignorance et la faim ;
Où *quelques* (1) scélérats, convoitant le pillage,
Pensaient réduire en poudre, au milieu du carnage,
Notre belle Lutèce, et les produits des arts ;
Cette lutte sans frein, barbare à tous égards,
Où l'on a vu des fils armés contre leurs pères ;
Des frères s'égorgeant sous les yeux de leurs mères ;
Durant ces quatre jours oubliant le nom Franc,
Faire couler à flots un trop généreux sang ;
Où de jeunes (2) héros, d'une vertu romaine,
Combattant pour prouver leur foi républicaine,
Comme leurs vaillants chefs (3), tant d'illustres martyrs,
Sont morts sans proférer ni plaintes, ni soupirs !!

II.

22 JUIN. (4)

Paris semblait en paix, quand six cents ouvriers,
Marchant au Luxembourg, sous leurs chefs d'ateliers,
Vers la Commission arrêtaient leur colonne :
Contre l'enrôlement (5) leur voix s'élève et tonne.
Déjà le sombre aspect de cet attroupement,
Du complot infernal le premier instrument,
Tout le quartier Latin avait rempli d'alarmes :
On ferme sur leurs pas ; la Garde crie : aux armes ?...
Bientôt un commissaire, arrivé sur les lieux,
Après maints pourparlers, sans nulle réprimande,
Permet aux délégués de porter leur demande.

Le citoyen Marie, en ferme triumvir,
A d'injustes clameurs ne pouvant consentir,
La colonne s'ébranle ; et, bannières levées,
Exhalant sa colère en chansons réprouvées (6),
Vers le chemin Monceaux parut se diriger.
D'autres groupes ailleurs n'étaient pas sans danger :
Ces démonstrations, cette foule haletante
Présageaient la tempête à l'aurore suivante !..

III.

23 JUIN.

Le démon de la guerre a soufflé la discorde :
La vengeance et la haine, abjurant la concorde,
Pour l'insurrection font appel aux Partis.
Déjà, dès le matin, les points sont investis ;
Les ponts, les rues, les quais, ainsi que les Barrières
Apprêtent, en grondant, leurs armes meurtrières.
Saint-Séverin devient le Quartier général :
Au faubourg Saint-Antoine est le siége central.
Les postes principaux sont : la place Royale,
Où l'emeute un instant apparut colossale ;
Maubert, (7) le Panthéon, et la rue Saint-Victor ;
Les Fossés-Saint-Bernard, Saint-Louis (8); puis encor
Du pied de la Bastille aux faubourgs Poissonnière,
Saint-Denis, Saint-Martin, du Temple, la filière
Des masses d'insurgés s'étend de toutes parts ;
L'on veut gagner le centre, ouvrir les boulevarts...
Paris, en un clin-d'œil, couvert de barricades,
Ressemble à l'ennemi surpris en embuscades :
La République meurt, ses fils sont sans recours,
Si l'Arbitre du Bien ne vole à leur secours !!..

IV.

A peine est le rappel, que la Nationale (9),
La Mobile et la Ligne, au pas de course égale,
S'élancent fièrement, au lieu de calculer.
C'en est fait, tout s'enfuit et le sang va couler !...
A chaque carrefour un feu roulant s'engage :
Lutèce alors n'est plus qu'un grand champ de carnage.
Au bas du Petit-Pont, fortement embusqué,
Un noyau d'insurgés tenait ce lieu bloqué.
La Neuvième (10) apparait, quand la Républicaine (11),
Que le son du tambour au pas de charge entraine,
Voit tomber des premiers ses trop braves guerriers !...
Le poste est emporté ; mais combien d'officiers
Sont morts, ou de leur sang portent la noble marque !...
Le général Bedeau, le petit-fils Lamarque :
Ailleurs, près Saint-Michel, le colonel Pascal.
Mais Vesper (12), de son voile enveloppant le mal,
Semble, pour un instant, rendre Bellone au calme ;
Un moment l'on crut voir de l'olivier la palme (13) :
Hélas ! c'était un rêve ; et ces dehors trompeurs
Devaient nous réveiller pour de nouveaux malheurs !...

V.

24 JUIN.

Sur ses bancs l'Assemblée avait passé la nuit.
Une imposante force à ses côtés reluit :
Ce sont les Cuirassiers, les Artilleurs, la Ligne ;
Au chant des Girondins, la Banlieue qui s'aligne (14).

La lutte a préludé par le Marché-Saint-Jean :
C'est la Mobile encor qui dirige l'élan !
La Chambre, en deux décrets, et les veuves protège,
Et de la Capitale admet l'état de siége...
Dehors, dans les couloirs, croissent les versions.
Mais qu'apperçois-je au loin ?.. le front des légions
De vingt départements ; honneur à toi, Versailles,
Qui survint la première au bruit de funérailles !
Pour prêcher l'union (15), soit pour donner du cœur,
Deux proclamations on lit avec ardeur.
Le général Bréa..., mais ma plume chancelle (16).
D'horreur, à ce grand nom !... proclame la nouvelle
Que le quartier St-Jacque et faubóurg St-Marceau
Viennent de se soumettre à notre vieux drapeau.
L'émeute, enfin poussée au-delà de la Ville (17),
Apporte quelque trève à la guerre civile !..

> *Macte novâ virtute puer ?* . . . .
> » . . . . . *Cràs ingens iterabimus œquor!..* »
>
> (VIRG.)

CHANT DEUXIÈME.

Dévouement de Monseigneur Affre ; — Il est mortellement blessé.

VI.

Aperçu général sur le Héros martyr.

Je vais chanter la mort saintement héroïque,
Digne des temps présents, digne de l'âge antique,
Du généreux pasteur qui, pour grandir l'autel,
Voua pour ses brebis sa vie à l'Éternel ;

Qui, vrai républicain, plus noble qu'Arioste (18),
Pour le salut public s'offrit en holocauste ;
Alors que, transporté du plus sublime amour,
Aux traits des assaillants s'exposant sans détour,
A l'ombre de la Croix ; armure officieuse,
Il trouve sur la brèche une mort glorieuse !
Que ne tranchâtes-vous, ô (19) Denis-Chérubin,
D'un invisible fer la main de l'assassin ?...
Martyr de charité, que ta couronne est belle !
La terre, unie au Ciel, l'ont tressée immortelle ! !
Oh ! si ma faible voix, comme une harpe d'or,
Jusqu'aux divins lambris allant prendre l'essor,
Pouvait par ses accords ajouter à ta gloire,
Mes vers, pour toi, vivraient au temple de Mémoire !..
Mais, pour un tel espoir, c'est peu de mes tableaux :
Vous, muses de Sion, prêtez-moi vos pinceaux ?

VII.

25 JUIN.

De tous côtés chassée, et, de sang ruisselant,
L'hydre de l'anarchie arrive en chancelant
Au formidable Bourg (20), choisi pour sa retraite :
C'est là qu'elle a juré de venger sa défaite..
Le brave Négrier, Dornès et Charbonnel (21)
Sont les premiers héros qu'atteint son dard mortel.
Mais bientôt l'insurgé, frappé de sa victoire,
Croyant déjà sentir sa peine expiatoire,
Sous les débris du Bourg songe à s'ensevelir.
Par quel affreux moyen son but va s'accomplir !..
Dans un subit accès d'héroïque colère,
Tandis que du pardon il doute ou désespère,

De ses femmes en pleurs formant un cher faisceau ,
Il veut qu'un même sort ait le même tombeau !!..
Le canon tonne en vain ; la mitraille , la flamme ,
Ces agents destructeurs qui frappent , brisent l'âme ,
Ne sauraient triompher du cœur de l'insurgé :
Nous serons massacrés !.. tel est son préjugé.
Pour l'en dissuader, il lui faut garantie :
Patronne de Paris ! mais qui sera l'hostie (22) ?..

VIII.

Un soleil radieux embrasant les demeures ,
Sur son disque doré laissait lire : *douze heures* !
Quand un nouvel Eustache (23) , un hérault de la paix ,
S'arrachant à l'autel, son unique (24) palais ,
Avec un front serein , où brille l'espérance ,
A pied , de la Cité jusqu'à la Présidence ,
Traverse , en lui donnant sa bénédiction ,
Le peuple, qui le suit par admiration ;
Comme son divin Maître , entrant aux ambulances ,
Pour absoudre un blessé, consoler les souffrances !
Partout sur son passage , à ce touchant aspect ,
L'ange de Majesté provoque le respect :
Le tambour bat aux champs ; on présente les armes ;
La troupe s'agenouille ; et , chacun par ses larmes ,
Aux cris : « Religion ! Clergé ! Fraternité ! »
Rend un sublime hommage au divin député.
Mais que veut le pasteur au chef de l'Assemblée ?
Va-t-il pour relever sa grande âme accablée ;
Pour demander asile ou sa protection ?
Non !.. arrêter le sang : voilà sa mission !!

IX.

A ce trait de grandeur, essuyant sa paupière,
L'illustre Cavaignac accède à sa prière.
Il ne s'en tient pas là : craignant des assaillants
Quelque lâche attentat, de conseils bienveillants
Il arme le prélat : mais l'apôtre intrépide
Ne prend que son devoir, sa crosse pour égide ;
A la Vierge, en chemin, adressant ces beaux vœux :
« Que je meure aujourd'hui, si mon peuple est heureux!!.»
Dévouement héroïque, inspiré par Belzunce (25),
Aux détracteurs du Christ soit la seule réponse !
Cependant l'archevêque, avec son haut clergé,
Vers l'endroit où restait le combat engagé,
Marchait à pas pressés ; comme en un jour de fête,
L'on voit le doux bélier, dont on para la tête,
Agitant sur son col le glaive impatient,
Au sanglant sacrifice avancer confiant!
Gloire surtout à toi, magnanime jeune homme (26),
Qui portais le rameau qui devait sauver Rome!..
Hommage à vous aussi, nobles Représentants,
Qui de près le suiviez en simples combattants !

X.

Au pied du Golgotha l'apôtre est parvenu :
Sur ce mont orageux règne un feu continu.
En voyant s'approcher l'auguste mandataire,
Des deux parts on suspend la lutte sanguinaire.
Mûs par le sentiment de la religion,
Plusieurs des insurgés quittent leur station,
Pour venir du prélat entendre la parole :
Soit admiration, soit crainte qu'on l'immole,

Des Gardes, des soldats accourent à leur tour
Se ranger près de lui, pour compléter sa cour.
Soudain un coup de feu, selon toute apparence,
Parti par accident, rappelle à la défense...
Le ministre de Dieu pouvait se replier :
Mais le cœur désireux de se sacrifier,
Aidé de son clergé, malgré la fusillade,
Il gravit jusqu'en haut l'énorme barricade.
Aux regards des deux camps, pendant qu'aux insoumis
Il présentait le sein, en leur criant : « Amis ! »
Du toit d'une maison, une main clandestine
Vient frapper ce héros d'une balle assassine !!..

« At nos immensum spatiis confecimus æquor ;
« Mox sit tempus equûm fumantia solvere colla ! »
(VIRGILE.)

∽ ~⌐⌐⌐⊙⌐⌐⌐~ ∽

CHANT TROISIÈME.

Suite de l'Attentat; — Derniers moments de Monseigneur
Denis-Auguste Affre ; — sa mort ; — ses funérailles.

XI.

FIN DU 25 JUIN.

Toutefois, en tombant, l'ange de l'Evangile
De la sainte union fut le premier Edile :
Quoique baigné de sang, un rayon de bonheur
Illumina son front, rendit l'âme à son cœur ;

Lorsque son peuple cher, peuple qu'on calomnie,
Ce lion toujours grand, même quand il s'oublie,
Vint l'entourer de soins, par la pitié vaincu !
Il put se dire alors : Je meurs, ayant vécu !!..
En effet il fut beau, consolant pour le juste,
De voir avec quel zèle, et quel respect auguste,
L'insurgé s'éleva pour faire constater
Qu'un si lâche forfait il n'a pu le tenter !..
On porte le martyr au plus prochain hospice,
Celui des Quinze-Vingts : une garde propice
Est aussitôt formée ; et, dans tout le Faubourg,
Eclatent la douleur, la surprise et l'amour !!
Pour le pieux prélat, tranquille et sans faiblesse
Dessus son lit de camp, comme autrefois en Grèce
Le général (27) Thébain, percé d'un trait au cœur,
Il demandait aux siens si l'on était vainqueur !

XII.

26 JUIN. (28).

Après avoir passé la nuit dans les tourments,
Béni ses serviteurs, reçu les sacrements ;
Après avoir appris que son heure était proche,
Imploré le pardon pour ses jours sans reproche,
A son (29) archevêché l'apôtre est transporté.
Durant tout le trajet, à genoux contristé,
Le peuple du Faubourg lui servit de cortège.
On maudissait la main, cette main sacrilège
Qui ne recula pas devant son action...
Chacun voulait avoir sa bénédiction
Pour la dernière fois !... Alors, comme la veille,
Ce n'était plus l'amour que la pitié réveille,

Un terrestre respect qu'on payait au malheur ;
C'était l'ovation d'un culte adorateur,
Qui, célébré sur terre, aux lieux de la victoire,
Avait son digne autel au séjour de la gloire :
Car si, chez les humains, mourir pour son pays
Est un sort généreux, dont chacun est épris ;
Mourir, pour préserver son troupeau du carnage,
Méritait que le ciel s'unit à notre hommage !!

XIII.

Un beau trait du blessé signala son passage :
Distinguant un soldat, dont le brillant courage
Avait ravi le fer des mains d'un insurgé,
De lui donner un gage il se crut obligé.
Aux gestes du martyr le soldat est docile :
Lavrignière (30) François, (c'est le nom du Mobile ,)
S'approche, et, sur la pierre inclinant un genou,
Du pontife reçoit le précieux bijou,
Une (31) croix que le saint, par haute bienveillance,
Lui donne en souvenir de sa noble vaillance,
Jeune homme fortuné, fixe-le sur ton cœur,
Ce talisman sacré qui sera ton sauveur ?
Revenons au souffrant : son mal intolérable
Ne pouvait comprimer son amour ineffable :
« J'étais de tous le père ; et la religion
» Même au sein du succès, de l'agitation,
» De mon peuple n'a pas subi la moindre injure (32) :
» Non !.. mon peuple n'est point l'auteur de ma blessure !..
» N'a-t-il pas respecté de Jésus-Christ la foi ?
» La volonté de Dieu s'accomplit envers moi !!.. »

XIV.

27 JUIN.

Il n'est plus le martyr !.. la Parque impitoyable,
Sans égard aux vertus du prélat vénérable,
De sa profane (33) faulx vient de trancher ses jours !..
Mais, pour adieux, son âme a souri dans son cours :
Il veillera sur nous! sa suprême parole,
Qui, du bonheur futur doit être l'auréole,
Fut ce souhait de paix aux Français adressé :
« Je meurs !.. ah! que mon sang soit le dernier versé !!..»
Héros deux fois chrétien, mieux que l'arche des Sages (34),
Ton nom surnagera sur l'océan des âges !
O veuve charité, déesse des grands cœurs,
Voile ton front de deuil, couvre son corps de fleurs ?
Fais retentir les airs de ta douleur amère ?
A nul autre jamais tu ne seras plus chère :
Celui qui t'illustra, paré d'un blanc linceul,
Est là, qui brûle (35) encor sous le froid du cercueil !!..
Le corps du digne apôtre, en la chapelle ardente (36),
Sur un lit de parade, à la foule émouvante
Cinq jours fut exposé : on lisait dans le chœur :
« Pour sauver ses brebis est mort le bon pasteur ! »

XV.

6 JUILLET.

Au long bruit du beffroi, qui sonne au loin le glas,
Paris s'est souvenu d'un illustre trépas :
L'on voit de la Cité (37) le grand flot populaire,
Conformant ses pensers au tambour funéraire,

Au parvis Notre-Dame accourir tristement.
Chacun vient pour payer, par son recueillement,
Comme un dernier tribut à la victime auguste,
Et parer de regrets les obsèques du juste.
Aux abords de l'église, une troupe (38) d'honneur
Veillait silencieuse ; et, dans l'intérieur,
Du portail à la nef, de la Garde civique
Les divers corps couvraient l'immense basilique.
Au milieu s'élevait, de cierges nuancé,
Un catafalque noir, par l'argent rehaussé ;
Où de tout le clergé la grave psalmodie
Appelait sur la mort la couronne de vie.
Le prélat, revêtu d'habits pontificaux,
Fut ensuite porté par les Nationaux (39)
Vers sa froide (40) demeure ; ayant. pour digne escorte,
De nos Représentants la touchante cohorte !

       « Hic victor cestus artemque repono !! »

NOTES.

(1) Autant pour l'honneur de l'humanité et du nom Français, que pour la vieille réputation de générosité du peuple Parisien, il est heureux, et surtout doux au cœur de pouvoir constater, que ce ne peut être que *quelques* insurgés en délire, qui, au milieu de ces jours néfastes, où une longue nuit de sang couvrit le beau sol de Lutèce, osèrent mettre en avant l'idée du meurtre et du pillage !.

(2) Les trop valeureux enfants de la Garde-Mobile.

(3) Les généraux Duvivier, Damesme, de Bourgon, Francois, Regnault, non ici mentionnés, ainsi que l'infortuné aide-de-camp du général Bréa ; etc., etc.

(4) Journée préliminaire.

(5) La Commission exécutive, après avoir dissous les Ateliers nationaux, dans l'organisation desquels existaient de graves abus, avait cru sage autant qu'humain, pour arracher à la misère et aux idées de désordre le plus grand nombre des travailleurs, de porter un décret d'enrôlement des jeunes gens de 18 à 25 ans, qu'on destinait au défrichement de nos terres incultes ; ce fut cette mesure qui, travestie et mal interprétée par les fauteurs de discorde, servit de prétexte pour animer les esprits et les pousser à la guerre civile.

(6) Par ces chansons réprouvées, nous ne voulons parler que de chants improvisés, sur l'air si connu des Lampions : « On ne part pas ! On ne part pas ! »

(7) La place Maubert.

(8) L'Ile-Saint-Louis.

(9) La Garde-Nationale.

(10) La neuvième Légion.

(11) La Garde-Républicaine.

(12) Le Dieu qui, chez les païens, présidait aux ténèbres.

(13) En effet, après une journée aussi terrible, le feu ayant tout-à-fait cessé vers le soir, la nuit fut plus calme qu'on eut osé l'espérer !..

(14) C'était une Légion qui, dès le matin, était arrivée au grand complet.

(15) Vers 2 heures, le général Cavaignac avait fait afficher deux proclamations : la première aux soldats, pour les rassurer, tout en leur recommandant d'être fidèles aux lois de l'honneur et de l'humanité, et qui se terminait par ces sublimes paroles du chef du pouvoir exécutif : « Soyez fidèles à la République : à vous, à moi, un jour ou l'autre, il » nous sera donné de mourir pour elle ? Que ce soit à l'instant même, » si nous devons survivre à la République !... »

La deuxième proclamation était adressée aux insurgés, dans les termes les plus nobles et les plus conciliants ; mais, malheureusement, elle ne fut pas comprise !...

(16) Soit que le sujet principal de mes chants, la mort de l'Archevêque de Paris, m'en empêche, soit qu'il repugne à mon caractère de décrire la mort à la fois si tragique, quoique si noblement subie, et surtout si peu méritée de l'immortel général, je ne crois pas en faire ici une plus longue mention : le public connait d'ailleurs assez toutes les péripéties de cet horrible drame !...

(17) L'Hôtel-de-Ville.

(18) Arioste, célèbre poëte profane, né à Reggio (Duché de Modène); qui, par un mouvement de généreuse reconnaissance, exposa sa vie, et fut assez heureux pour comprimer complètement des troubles civils, survenus dans les états du duc Alphonse, son prince et son protecteur.

Je dois ici naïvement avouer que cette allusion, de comparer l'apôtre à Arioste, n'a été imaginée que pour me fournir un pendant de rime à holocauste.

(19) Le principal prénom de Monseigneur Affre étant celui de Denis, et, sachant d'ailleurs que tous les faibles mortels ont chacun un ange particulier préposé à leur garde, et qu'on peut raisonnablement supposer porter le même nom que nous, en même temps qu'appartenir à une hiérarchie conforme à notre degré d'élévation, il m'a semblé naturel de lui adresser nominalement cette véhémente, mais pieuse apostrophe !..

(20) Bourg, mis ici pour faubourg, est celui de Saint-Antoine.

(21) Ces deux derniers Représentants du peuple.

(22) L'hostie, c'est-à-dire, le généreux citoyen à qui la religion surtout inspirera de dévouer sa vie en sacrifice, pour mettre un terme à cette trop cruelle insurrection !..

(23) Au siège de Calais par Edouard III, en 1347, Eustache de Saint-Pierre, bourgeois de cette ville, fut le premier des six notables citoyens qui, pour sauver leurs compatriotes, et préserver Calais d'une entière destruction, s'offrirent, au risque presque certain de perdre la vie dans les tourments, pour aller pieds nus, la corde au cou, porter les clefs de

la Place au terrible vainqueur; mais Edouard, touché de la magnanimité de ce dévouement, et cédant aux prières de sa vertueuse épouse, qui s'était jetée à ses genoux pour demander leur grâce, renvoya honorablement et sains et saufs ces courageux citoyens, en pardonnant à leur ville d'avoir prolongé le siège et poussé la défense jusqu'aux extrémités !...

(24) En effet, à part sa résidence provisoire à l'Ile-Saint-Louis, d'où il attendait que soit enfin construit le nouvel archevêché, qui est aujourd'hui, par les soins du Gouvernement, en voie d'achèvement, et qui sera attenant à l'église métropolitaine, notre modeste archevêque n'avait, le plus souvent, d'autre palais que les saints autels !...

(25) Oh! qui mieux que l'âme de l'évêque Belzunce, qui, lors de l'affreuse peste de Marseille, en mai 1720, s'était immortalisé par son dévouement à soigner, à absoudre, et à faire enterrer les pestiférés de de cette populeuse cité, pouvait inspirer à notre héros son sublime sacrifice ?..

(26) Il est fâcheux, pour la gloire de l'histoire, que le nom de ce jeune homme soit demeuré inconnu ; du reste, son trait d'héroïsme doit nous faire supposer que c'est lui-même qui aura préféré, par vertu, laisser sa mémoire ensevelie dans l'oubli !..

(27) A la bataille de Mantinée, Epaminondas, atteint mortellement d'un coup de lance, fut apporté dans sa tente. Le héros devait mourir aussi tôt qu'on retirerait le fer de sa blessure. Il demanda donc si son bouclier était sauvé, et si les siens étaient victorieux. L'ayant alors appris : « Je meurs sans regrets, s'écria-t-il, puisque je laisse ma patrie triomphante ! » En disant ces paroles, il arracha le trait de sa blessure, et au même instant il expira.

(28) Si je n'ai pas ici narré les événements de cette dernière journée qui, du reste, se termina par la cessation des hostilités et la prise du Faubourg, sans presque coup férir, c'est que j'eusse cru m'écarter de de mon sujet. Effectivement, j'ai bien pu décrire et je le devais, les causes et les progrès de l'insurrection dès son principe, parce que leurs effets me conduisaient insensiblement au but principal, au dévouement et à la mort de mon héros ; mais dès l'instant que j'y suis parvenu, au point même de n'avoir plus à signaler que quelques traits saillants des derniers moments de la vie du martyr, il ne m'était plus donné d'en interrompre l'histoire par aucunes digressions, autre que celle bien naturelle des funérailles.

(29) A l'île Saint-Louis, comme je me suis plù à le mentionner dans la note 24.

(30) Ou Delavrignière.

(31) C'était une petite croix de bois, surmontée d'un crucifix, que l'Archevêque portait au cou par un collier noir.

(32) Il n'est, en effet, personne qui ne se rappelle surtout que, lors de la prise des Tuileries, le 24 février 1848, le peuple souverain, victorieux, ayant trouvé dans une salle du Château un grand Christ, il le porta processionellement en triomphe à l'église de Saint-Roch, aux applaudissements de la multitude, qui té-

moigna hautement de son profond respect, en se découvrant et s'écriant à la fois :
« Voici notre maître à tous ! »

(33) Le saint martyr, après être doucement entré en agonie, vers les deux heures environ de l'après-midi, rendit sa belle âme à son divin Créateur, à quatre heures un quart.

(34) Les Sages si vantés du Paganisme pouvaient bien avoir médité, dans les Champs-Elysées, cette lumière pure et douce que l'évêque de Cambrai s'est plu à leur attribuer pour récompense, dans son immortel Télémaque ; leurs noms mêmes, à quelques-uns de ces héros profanes, en franchissant, au moyen des monuments de l'art la longueur des siècles, ont encore pu conquérir l'estime des hommes, je le veux, (et je suis loin d'ailleurs de vouloir leur ravir ce juste degré de gloire,) mais il ne sauraient néanmoins vivre ainsi en réalité au delà de la tombe ; tandis que la mémoire de notre héros-martyr, dont la vertu surhumaine puisa ses inspirations dans le sein de la véritable grandeur (de Dieu), restera impérissable, touchante et glorieuse, et dans le présent et dans la vie future !

(35) Des pures et nobles flammes de l'amour du prochain !

(36) Le lit sur lequel fut exposé le corps de l'Archevêque, représentait un dais à quenouille, dans le style de la Renaissance, tendu de noir ainsi que toute la salle, avec des liserés blancs. Au pied gauche du lit était attachée la grande croix d'or du prélat, et la crosse archiépiscopale à sa droite. On voyait le saint apôtre, dont la tête était plus élevée que les pieds, mitré, et revêtu de ses habits pontificaux blancs, sa figure et ses mains apparaissant découvertes.

Le nombre des fidèles, de toutes les classes, qui ont fait toucher, en souvenir sacré, au corps du martyr, des anneaux et des médailles, est vraiment prodigieux.

(37) Bien que l'on puisse entendre avec raison, par ces mots : de la Cité, Paris en entier, je n'ai toutefois voulu que mentionner la population avoisinant Notre-Dame, c'est-à-dire le douzième arrondissement.

(38) Composée uniquement de troupes de ligne.

(39) Les Gardes nationaux.

(40) Dans les caveaux sacrés du chœur de la Métropole où reposent en paix ses illustres et saints prédécesseurs.

FIN.

www.ingramcontent.com/pod-product-compliance
Ingram Content Group UK Ltd.
Pitfield, Milton Keynes, MK11 3LW, UK
UKHW021640130726
13696UKWH00005B/2317